우리는 왜 그토록 많은 연인이 필요했을까
이규리 시집

문학동네시인선 234 이규리

우리는 왜 그토록 많은 연인이 필요했을까

시인의 말

나의 모든 슬픔은 의지였다.

미안하지 않다.

2025년 6월
이규리

차례

2부 어려울 때 친절하지 않기를

3부 도마는 소리 내고 싶은 기분이 있고

4부 흰 이별과 검은 슬픔에 대하여

1부

그가 줄을 놓을 땐 허공을 믿는다

외연(外緣)

붓꽃을 보면 아프다
나는 아프고 싶을 때 이 못에 온다

못의 가장자리를 둘러 핀
붓꽃들

이번 생은

물속에서 하는 말처럼
물속에서도 할 수 없는 말처럼

모두가 피했던 질문이 있었다

붓꽃의 자리 가장자리에서
물의 소리를 지키려 한다

믿는다면

그 한 사람은 들었다

위안

어느 곳에나 계단이 있다
올라가거나 내려가거나

목적어였던 당신과 세계를
주어와 술어로 바꾸자

목적어가 계단을 거둬가버렸다

고층 아파트 외벽에 일렬로 걸린 실외기처럼 외로운 문
장들

계단이 없는 곳에서
그들이 건네는 말을 들었다

이건 아무것도 아니라고
상수리 잎이 물드는 순서 같은 거라고
혼신이 발끝일 때에도

사랑했다 이 난간을,

'아름다움은 예외가 없습니다'라는 말을 써놓고

나는 언덕을 내려가는 나를 물끄러미 바라보았다

온도

너무 가늘어서 가여운 슬픔에 목이라는 말이 붙는다

목, 손목, 발목,
이것과 저것을 잇는 교량에는

관계라는 말씀이 있다

멀리서 보면 보이지 않는 발목으로
새는 먹이를 움키고

걸음을 멈춰 기다려준다

서두르지 마라

실핀 같은 회로엔
난관이 숨어 있고

어린 왕자의 목도리처럼 휘날리는 슬픔에 다가가 말을
걸면

거기 누군가 울고 있다

―우리 이제 어디로 가는 거야?

어릴 적부터 자주 아팠던 목이 말한다

미안하다
세간의 내용들
필요 없는 걸 설명하느라 늦었네
너를 위하려다 너를 돌아서게 하였네

과정은 늘 길목과 병목이지
나들목이 있었지

미술 선생님이 좋아
그가 입은 은회색 목 폴라가 좋아

목은 온도라는 길이가 필요한데

모가지 손모가지 발모가지
그 참 섭섭한 접미사는 버리면 어때
가지는 가지에게
목들의 수고에 버팀목을 해주자

울돌목 알지?
서러운 발목들이 해와 달을 이끌어

손목을 높이 들었지

결심이 솟구칠 때 포효한다

그 말씀을 전하려고,

고비마다 목을 내놓으면서
목은 목에 대한 예의를 한다

경로

돌아가고 있는 선풍기에 막대기를 넣어본 적 있다

'경로를 이탈하였습니다'
와 유사한 문장이 나왔다

신선해

얇은 겹을 일흔 번 두르고 페이스트리 빵이 나오지
경로라 하지 그 빵은
몽블랑이란 이름을 달고 몽블랑처럼 당당하지
포크로 누르면 금세 납작해져서
다음 경로를 가지겠지만

몽골의 톨강에서 배가 뒤집혀 죽음처럼 떠내려가고 있
을 때,

왜 내가 먼저 가서 기다리는 거라 생각했을까

챙! 부서지던 순간,
다른 경로가 나왔지
눈부신 경로였지

나는 죽은 후에도 나를 보고 있을 거야

골목의 이마

개가 무서워 개를 만나면 골목을 바꾸었다 등에 얼음이 서는 사실은 누구에게도 말 못하지만 돌아가던 골목 다른 골목이 형식이 되었는데

무서워하는 한 현장을 기록할 수 없다 내가 기록하지 못한 건 내가 피한 것들, 소음과 개새끼와 권력과 총명

어릴 때 개밥을 주다가 축축한 코와 혀가 손에 닿았을 때 기겁을 했다 그 이질감으로 시를 썼고 발을 피하면서 걸음을 훔치고 있었을까

내 잘못을 발설하지 않은 친구가 선생한테 맞았고 나를 무서운 데 밀어넣지 않았던 친구가 두려웠다 사실과 진실은 오래도록 맴돌았다 친구는 나의 다른 골목, 정오의 태양에 무섭도록 쩔렸다

개는 어디나 있다 무서운 건 내가 피한 개, 모르는 개, 골목이 허연 이마를 드러내고 있었다 어깨를 부풀리며 골목에 섰다

아무것도
없었다

아무것도 없을 줄, 알았다

소음과 개새끼와 권력과 총명은 끓는 물, 허공은 춤추고
허무는 노래하고 골목마다 이마가 번들거렸다

무섭다 무섭다는 덧없다 덧없다의 없는 개, 다른 골목,

나는 오래도록
넓은 이마를 머리카락으로 가리고 다녔다

사람들은 애교머리라고 했다

그건 아니다

새는, 그 새는

죽은 새를 손에 들고

어떻게 할까? 저무는데

가여운, 가볍고 딱딱해진
옴츠린 발, 이토록 가녀린 원행(遠行)이

이 땅에 살았던가 싶은 마음이 들었다

생각 끝에 주검을
아이의 손에 넘겨주었다

나는 적합하지 않아
허무가 많아
미간이 깨끗한 너에게 부탁할게

수의로 싼 앳된 연인의 발을
차고 창백한 발을
피가 돌까 닳도록 어루만지던

스물여덟에선 늘 턱이 걸린다

요절의 면적에 놓이는 차고 흰 발들

돌아오지 않아요
오그린 인연을 펴지도 못한 채

새는
그 새는

비유

심야 광고에는

강과 호수와 들판이 노란 맥주로 넘실거린다 당신들의 이
노랑 천지

밤을 기다려 언니의 노랑 원피스를 훔쳤는데
너무 커서 맞지 않았다

세계는 넘치도록 노랗게 잠겨 나의 성장에 도움을 주었지
겨우
조숙, 자숙, 정숙이나 가르칠 거면서

알 수 없는 모호한 규정들

어머니의 말씀이 있었어

노랑을 달리 사용할 수도 있지 않겠니
얘야,
원피스는 잊어라

자고 일어나면 문 앞에 밀감이 한 봉지 와 있을지 모르
겠다
대신하는 방법은 어떠니, 넌 더 커야 하는데

그때부터 손바닥이 노래지고요

낯선 단어들이 비죽비죽 나오고요

잊으라는 건 잊을 수 없고요

슬프고요

명랑

취한 사람들은 한쪽으로 이야기를 한다

그 저녁에 취기들이 모여 모처럼 명랑했다

조금 후에 제가 저를 부인해도
그 명랑을 사고 싶어
시대는 자유한가 우울은 가고 있는가

일행이 조금씩 더 기울어지고 있을 때

자신을 남쪽에 산다고 소개한 사람이 일어나
내 슬픔을 사겠다고 했다

내 것이랄 수도 아니랄 수도 없는 이 헛헛한 소유를,
그러자 다음 사람은 내 유언을 받겠다고 했다

불빛이 조금 더 취하였다
더운 공기 웃음소리 있음과 없음 너머

다른 걸 받겠다는 건 자신을 잃어도 좋다는 고백일 텐데

나도 모르게
나의 것엔 불운이 깃들어 있다고 말해버렸어 그리고

이렇게 덧붙였지

내일 아침에도 같은 말을 할 수 있다면
사람아, 내가 그 명랑을 살게

안개 자욱한
밤이, 현실의 밤이 있었다

일인칭

부추를 씻어 가루를 풀고 전을 부칠 때
프라이팬 뜨거운 풀밭에 함께 눕고 싶습니다

한풀 숨을 놓을 때 결연하고 싶습니다

부추는 모순이 없어요
잎을 자르면 이어 단어가 오고 문장이 오고
우리는 미안 미안 진심을 먹어요

장유유서가 뭐예요
뿌리서부터 호형호제 길을 내며

어떤 폭력이 다가와 연약함도 힘이 되느냐 묻는다면
부추는 무슨 말을 할까요

펄펄 끓는 국솥에 자루가 긴 플라스틱 바가지가 꽂혀 종
일 끓고 있었어요 끓는 불편을, 비문을, 벌겋게 우러난 독이
식탁에 왔을 때 슬픔은 입을 닫았어요 그건 아니야 그 말을
해야 했는데 손이 떨어질까 입천장이 델까 비겁하게 플라스
틱 바가지 탓만 했는데,

프라이팬에서 잘 죽은 부추는 고요했습니다
난간은 평지에 이르고

외줄의 연대가

일인칭을 벗어나고 있었습니다

약함으로 약함을 해석하며
수 세기를 건너오는

여태 이 강렬한 초록은

부추 생각

나이가 들면서 클래식이 좋아진다는 그녀는 식은 커피를
졸졸 부추 화분에 부어주네
부추의 화답은 끝이 가늘게 흔들리는 일부터
약함을 신뢰하는 일까지
무얼 대적할 수 없는 이 세필이 자랑스러워
사는 방법에 골똘해지고
세상에 폭력이 가능할까를 생각하네
부추가 골목과 계단을 만나면서
이 사랑은 오래되었는데
나를 단정하게 잘라줘
폭력은 자라지 않는 게 아니라 잘 잘라주는 거야
부추가 일러주었다
약한 사람은 건드리지 마,
그게 골목의 룰이잖아
그런데 왜 날이 새면
길 건너 여린 초록의 피 흘리는 소식이 오고
포탄더미를 들추는 손이 있는지
이거 초현대적이야
부추를 보고 생각이 많아지면
일월(日月)이 미안해지면 그때
부추의 방식이 되는 것
울면서 따라간 슬픈 이야기는
한국적이었는데

전 지구적이더군
부추가 몸을 데워줄게
우리 하지 말아야 할 일은 하지 않기를
힘을 빼려고 해도 힘이 들어갈 때는
부추에게로 와
나이가 들면서 부추도 클래식이 좋아
그녀가 커피를 가져올 때쯤
귀를 세우는 이 정적이
아슬하게, 좋아

공중

줄타기하는 곡예사가 공중에서 손을 놓을 때

사람들은 눈을 감았다
그의 꿈이 추락임을 아는 것처럼

곡예라는 일, 곡예가 아닌 걸 그만은 알지

무서운 건 허공이 아니야 바닥이야

기교는 허무
이 결과를 누구도 예술이라 하지 않지만

그가 줄을 놓을 땐
허공을 믿는다

그런데 왜 당신은 보이는 것에 화를 내나요?

미사여구를 거두면 세속은 세속
허공은 그냥 여름, 잔혹, 유랑, 격돌

우리는 본 것과 보지 못한 것에 대하여
어떤 말도 할 수 없다는 거
허공은 허무의 은신처라는 거

다르게 말해볼까
혹 당신이 외발로 설 때

넘어지지 않으려 허공을 쥐는 것이
그 시초가 되는 거라고

수희

한 사람을 기억하라면, 죽은 사람이야

무덤에 창을 내자고 했을 때
모두 의아해했는데

바람 차고 햇살 투명해 쌓인 눈의 결이 다 드러나도록
이승의 삶은 세세하다

오늘 무덤 속 수희를 꺼내 거풍해드리는 일은 맑음

저변을 떠돌던 가혹한 세대와 의무와 결박으로부터
수희가 온다

눈처럼 오고 눈처럼 사라지는
수희에게
미안이라는 말을 못 했다고

수희는
미안은 창을 내지 않는 거라고
하고 싶은 말은 무덤이 가져갔다고

그렇게 돌아가 창을 막았다

다시 눈이 내리고 내려서 덮고

이쪽은 일생 저쪽의 이유를 묻다가 끝나더라도
창을 내지 말기를
모르는 것은 모르는 것으로 두기를,

상한 부분을 떼어내고 한 잎 한 잎 상춧잎을 씻어 담을 때

눈이 왜 소리 없이 오고 사라지는지

101번

종점에서 마지막으로 버스를 내릴 때
꼭 뒤를 돌아보게 된다

남아 있는 어둑어둑한 자리
거기 누구 없습니까?

떠나겠다는 마음을 어떻게든 달래서 데려오다가
종종 놓쳐버리기도 했지만

덫이라는 듯 피하지 말라는 듯
막 버스는
독하게 빈자리를 만들어
내리는 방식을 익히게 했다

누구 거기 있습니까?
다시 물으며

마지막으로 버스를 내릴 때
순식간에 달려들어 얼굴을 덮던 허무 또는
부재

누군가는 구석이었고 누군가는 사라지는 것으로 증명하
는 삶이 있었지

나날은 사랑을 돌려주는 방법을 습득하려 했으나
장미가 장미를 모르고
전망이 전망을 모르기를

다시 돌아보던 어둑어둑한 자리

거기 누구 있습니까

뒤가 되어준 예의에게
뒤가 되어간 선의에게

도미노

귓속에서 건물이 쓰러진다
양철 지붕에 비가 쏟아지고

전정기관에
새가 둥지를 틀어

불빛이 들여다본다
어지러울 거라고 의사는 말했다
그렇다고 웃음을 거두라는 말은 아니라고 했다

뭐, 너무 반듯이 걸으려고 하지 마세요
벽을 의지하고 걷다보면 벽이 되지 않을까요

불행에는 비유법을 쓰지 말라 했지만, 새로웠나

고개를 돌릴 때마다

해안이 넘치고
죽은 어머니가 물수건을 들고
도시가 도미노처럼 리드미컬하게 눕고

황홀이야
내가 낫지 않기를 바란 이유야

고통을 무늬라 말하도록

전정은 전생 무렵 같은 장면을 준다 또 준다

비누 냄새

내게 필요하고 분명 바람직했던 침묵 속에서도
늘 방해하려는 위협이 숨어 있다.
그래도 나는 내가 절실히 원했던
'아무것도 없음' 속에서 무언가를 찾았다.*

어딘가 한곳에 붙박이면 편협 편견이 따라붙는다지만

어제 밥 먹던 곳에서
어제 하던 생각과
어제 했던 방식을 그대로 사용하는데

어제의 밥 아니고
생각 아니고
방식 아니라면,

일생 한 작업실에서 몇 개의 정물만을 두고 단순하기 짝
이 없는
모란디의 작업을 볼 때

반복은 목이 마르다 죽어간다

한 남자가 그림자처럼 앉아 선과 면을 그을 때
천 개 경우의 수 경우의 생이 나왔는데

죽음 같은 적요, 자고 일어나

열이 오르면 세수를 하지
건조한 사물들에서도
비누 냄새가 날 거야

오전은 흐림 오후는 적막

나의 정주성도
홀가먼트 방식이길 원했다

오마주도 좋아
그 가운데 틈새시장은 요긴하였지

먼지가 보얗게 내려앉고 환풍기가 오래 무겁게 돌다가
멎는
어느 저녁이 왔다

아무도 모르게 정물들이 사라지고 그도 사라지고

회색이 텅 빈 회색이 남을 때

—　배가 고파
　　아욱국이 먹고 싶어

* 필립 자코테, 『순례자의 그릇: 조르조 모란디』, 임희근 옮김, 마르코폴로, 2022.

—

2부

어려울 때 친절하지 않기를

캔디

오늘 모임이 있는 날인데

종일 폭우가 쏟아졌으면
식당이 사라진다면
갑자기 아프다면

모임은 자꾸 거짓말을 시키려 하네

식당에서 냅킨만 접고 있다면 사회성이 없는 거지

갑자기 소나기가 오지 않고
도시가 잠기지 않고
내가 아프지 않아도 되기

나는 명랑한 사람이었다
걸려 넘어져도 웃는 사람이었다

버려지는 냅킨이면 어때

속하려 해도 속할 수 없는 명사들은 아름다웠지

별, 공, 벤치, 불면, 자작, 고요, 관념, 바람, 만년필, 허공,
눈, 죽음 그리고

영원

걱정하지 마
잊지 않으면 있는 거야

오는 길에 마트에 들렀지

사회성을 사러 가서 평범한 무를 사왔네

외로워도 슬퍼도

이렇게 맛있는 줄 알았으면 올리브 열매를 더 사올걸

액자

나는 동생을 먼저 보내는 사람이 되었어요

눈물은 분노의 맛이 나고

검은 옷으로 검은 마음이 빠져나가지 못하도록
닫아두어도
이제 볼 수 없습니까?

새해 첫날이었고
방안에서도 신발을 벗지 못하던 이상한
계절이었는데

먼 나라, 페루에 가서 죽은 새를 확인하듯
자꾸 묻지 마십시오

이른 죽음은 발가락이 차고 창백해
전해드리기 어렵습니다

밖에서는 물병이 얼고 우리 모두 석상처럼 서서

가지들은 팔을 다른 곳으로 뻗느라 몰랐다고
서로 멀었다고,

혈연은 무뚝뚝하여 옹이가 많습니다만

그래도 죽음이 한번 돌아봐줄까요?

'사람들이 침팬지를 숲으로 돌려보낼 때 뚜벅뚜벅 숲을
향해 걷던 침팬지가 문득 멈추어 함께했던 사람들을 돌아
보았다' 하고
'병에 머리가 끼인 여우가 병을 빼주자마자 쏜살같이 달
아나기 바빴는데 무슨 마음인지 직전에서 사람들을 돌아보
았다'지요 그러나

돌아봐주겠니?
물을 수 없었습니다

그는 무화과 익는 눈부신 곳을 알았을까요

식은 뭇국에 얼굴이나 비추던 나는

천천히 눈알을 건져냅니다

세상에서 가장 심심한 액자가 있었습니다

연두의 맛

아보카도는 살살 다루도록 해
체온이 닿기 전에 껍질을 벗기고 어서 놓아줘

캘리포니아 롤의 맛은 아보카도를 아는 일부터야

오케스트라에서 콘트라베이스의 소리를 따라가는
저녁의 맛
연두

아보카도가 되려면
먼저 몸을 식히고
눈송이를 만지듯
있어도 없는 삶을 보여줘야 해

사랑아, 백만 번이어도 그건 어려웠다

귀기울여 먼 밤 살얼음 끼는 순서를 따라가봐
서서 잠드는 말의 속눈썹을 만져봐

이른 죽음과 노을
먼 별과 흰 눈 그리고

천둥 같은 이별을

선잠 풋잠 아보카도 롤에 말아 한입 베어물면

불가능이 부드럽기도 하여서,

눈길을 내려가는 발걸음과 수의를 접는 손과 너를 놓아주던 속울음 안에

차마 말을 못 하고

새의 깃털이 절벽을 쓸어내릴 때
서쪽 난간에서 떨어지는 기침 소리를 줍는 손이 있다

월요일의 도시락

방울토마토가 쏟아졌다
아침이 계단으로 사정없이 굴러가는데
달아나는 토마토를
멈추어야 하는데

더욱더 멀리 아득하게

내려가고만 있네
고 작고 말랑한 것이 손쓸 수 없도록

더 내려갈 수 없을 때

올라갈 수 없는 위가 생겼는데

당신들이 대체로 뻔하고 진부해질 때
방울토마토가 하염없이 굴러가는 일을 한번 생각할래?

계단은 끝없이 쏟아지고
저렇게 경쾌한 노래는 남의 것 같지 않은가

토마토가 계단을 만들던 일
절망이 명랑하게 굴러가는 일

내 생의 문장이 이토록 힘을 받아 굴러간 적 있을까

왜 나는 여기 있지?
주워도 끝나지 않는 일이 왜 나의 일이지?
고민하는 동안
방울토마토는 두려움을 모르고 구르고 있네
털썩 계단에 주저앉을 때
방울과 방울들이 목금소리를 들려주네

방울토마토 따라
굴러가는 월요일 말랑말랑해지는 월요일
토마토는 힘이 없는데 힘이 있지

속도가 근심을 다 지워버려서

도시락이 사라지면 어때 월요일을 모르면 또 어때
깨어난다면 그것이 꿈인 날들 속에서

여전히 계단은 굴러가고 있는데

카디건

사람이 물건처럼 하나둘 없어진다

안경과 만년필, 춘애와 창구
난간과 희망은 닳은 거지

카디건을 걸치고 문밖에 서면 나간 것이 돌아올 것 같아서

휴대폰에 남은 죽은 사람의 이름을 찾으러
플랫폼을 헤매다가
에스컬레이터를 미친 듯 오르내리다가

등이
선득해짐을 느낄 때

생은 애써 잘하지 않기를 가르친다

지는 사람을 더욱 지게 하는 건 사랑이라는 원칙 때문이지
지기 위해서도 연습이 필요했으니까

서귀포 해안에서 절벽을 더듬으며 걷다가
이 걸음 멎는 곳이 나를 잃어버리는 장소이기를 바란 적
있다

사라지는 건 삶을 옮기는 거야

우린 배운 대로 해서 잃었으니까
이번엔 잃어버리는 걸 배우도록 하자

사랑이 많았던 사람이라면
빙하가 좋아
녹지 말고 흐르지 않기를

누군들 떠나는 이유가 충분할 수 있겠니

이 사랑을 보내주려고,

부쩍 어깨가 시리군
카디건을 여밀 때

옛날 냄새가 희미하게 났다

면적

돌아보아 소금 기둥이 되고 싶을 때가 있었다
누구도 나를 부르지 마라
그리고 지나서 멀리 가라
어떤 관계는 솔기가 빠듯한 옷처럼 죄어서

함께였던 때 어깨가 결린다

그러므로 속했던가를 자문하면 허기가 지는데

일행은 일행일까 의심했다
그리하여 스스로 유배되었으니

혼자일 때 면적이 가장 넓었다
나는 잘 죽었던 걸까

오랜 후 공백을 깨고 마련된 라이브 방송에
한 사람이 우정 출연이라며
우리 절친이니까, 라고 말했다

절친은
다른 면적이었다

떨어뜨린 빛의 조각들을 맞춰본다

반사하거나 굴절하면서 빛나는

혹 산티아고를 걷는 날이 오면
나의 걸음은

그 몰랐던 면적들에게

첨탑이 아름다운 성당에 절친이 댕댕 울리도록
마법 같은 언어를 입구에 걸며

이제 멀리 가도 좋아
소금 기둥이 되어도 좋아

기도는 자주 흩어지려 하니
두 손이 필요했겠다

시절

꽃은 누가 선택하는 기분일까

안개꽃을 한아름 안고 현관 앞에서 떨고 있는 사람 있다면
얼른 그를 안으로 들여야 하지

떨고 떨리는 일은 태생 이전이야

예리하게 진심은
예리하게 또 칼날이라

셋째 언니를 따라다니던 커다란 남자가 장미꽃이 가득한
바구니를 들고 대문 밖에 한 시간을 서 있었지만 아버지는
대로했고 우린 문을 열어줄 수 없었다
근본이 없어
근본은 장미보다 중요한 거구나
대문을 열고 나간 아버지는 호통과 함께 꽃바구니를 내
던졌는데 우린 꽃들이 아깝지 않을 만큼 무서웠다 남자는
막무가내 버티며 아버지를 더 붉게 하였고 끈질기게 찾아
온 남자는 장미 때문일 리 없지만 언니와의 결혼에 성공했
으나,

장미꽃의 능욕만큼 남자는 언니를 학대했을까 굴욕이 꽃
처럼 피어올라 장미 가시는 수시로 언니를 찔러댔을까 언니

가 스물여덟에 떠난 이유를 달리 설명할 길이 없어 그렇게
우리에게 장미는 금기가 되었는데,

오랜 후

장미 대신 안개꽃을 한 다발 들고 현관 앞에 선 이 남자는
어떻게 해야 하나

생각과 달리
다른 말을 하고
낯선 모습을 보였던 시간은
나빠서가 아니라
날씨나 온도 같은 거였어

무엇으로도 생활을 구할 수 없을 때
누구나 제 안의 악마와 손을 잡고
극한에 떨어져보았을 거야

놀랍게도 아버지는 안개꽃을 받아안고선

―꽃이 별을 품었구나,

우린 얼른 남자를 꽃병에 꽂았다

상처 입은 사람들이 모여 사는 동네에서
우리는 모두 별이 남긴 먼지*였을까

손금에서 손금으로 이야기가 이어져
저절로 슬픔에 길을 텄으니

떨고 떨리던 그 무늬가
어느 날 어느 시 당신이라서,

* 슈테판 클라인의 책 『우리는 모두 별이 남긴 먼지입니다』의 제
목에서 빌려옴.

윤리

국수가 끓는 국솥에 빠졌지
어깨, 팔이 지옥이었지

당신이 내민 긴 막대를 잡지 않았다

3도 화상으로 부위를 가리고 있을 때
낯선 도시 병상에서 누군가

내 이름을 부르고 있었다

빨갛게 연시가 익어가고
상처에 혀를 대면 매끄러웠지

어려울 때 친절하지 않기를

안심하고 있을 때 풍경을 놓친 적이 많아

기다려줘 길 위의 노래들을 죽을 때까지 사용해야 하니까

붕대를 풀 때면 슬픈 손님들이 와글와글 태어나고 있을
거야

웃음

벽시계를 사러 갔는데 시계마다 시간이 달랐다

무얼 살까 살피고 있을 때, 주인이 말했다

웃는 시간을 사시겠어요?
동그란 시계들은 다 웃는 것 같았다

이거 미래인가
다시 살고 싶은 시간이 돌아오는가

시계를 걸자
스노볼처럼 내 방에 눈이 내리기 시작했다

맞지 당신이지?

그땐 해가 길었는데 시간이 많았는데 밍밍한 토마토를 따
서 먹고 어린 생가지를 먹고 이유가 필요할 땐 당신을 불러
도 좋았는데 웃음이 웃음을 전염시켰는데

찬 기도실에서 무릎을 꿇었을 때
내가 듣고 싶은 말은
흰 눈과 종소리와 조용한 용서 같은 거였다

우리는 미래를 걸어두려 텅 빈 겨울을 찾았던 것일까

슬픔이 웃음을 받치고 있었는데

최선이 이미 웃음이었는데

육체

편의점 간이의자에 한 시간을 앉아 있으면
한 시간의 육체들을 만난다

먹이를 쪼고 있는 새와 나른한 고양이와 더 피로한 실업과

누가 누굴 지켜주지 못한다

종종 저들의 어미
무력한 어미가 되어보는 거지

나는 나를 위해 기도하지 않았다, 고 쓰고 보니
그 참, 거지 같아서
세상의 기도는 기도 밖의 일이라고
바꿔 적는다

돌아보면 발이 무거운 종들은 왜 이렇게 많아서

질긴 꿈과
가혹한 물음과
부진한 생활을

오늘은 오늘의 피곤이 내일은 내일의 누적이
낯선 곳으로 등을 밀지

플랫폼이나 터미널이 붐비는 걸 아시나

다른 공기 속에서
부글거리는 내일을 주름이 지도록 움키려는 거지

기껏 나른해진 육체를 낯선 침대에 던질지라도

구름이 되는 일이라면
구름 밖의 실종이라면

날씨

배가 축 늘어진 새끼 밴 길고양이를 만나면

쓸쓸은 도처에 결과는 비애에

새끼를 대신 낳아줄게
무럭무럭 낳아줄게

당한 사람만 있고
친 사람은 없는 부조리극에서
비일비재 이건 권력의 문제야

뒤를 자꾸 말할 때

당신의 뒤는 괜찮은가요?
그렇다면 그런 것이다

이름 없는 사람들이 자꾸 죽었다

우리는 책임지지 않는 일에 매달려 봄과 여름을 허비했고

오토바이를 몰고 내달릴 때
헬멧에게 물었다
어느 쪽이 뒤냐고 누가 배후에 있냐고

아직 끝나지 않았다

우리는 뒤를 아꼈던 사람
그런데 상한 냄새가 나

노랑, 보라, 빨강, 죽음이 넘쳐나요

반복되는 뒤
분노가 팝콘처럼 튄다

길고양이들아
자꾸 뒤지지 마라
그거 지나간 육체란다

밀물을 받는 파도의 힘으로
커다란 햇덩이를 분만하고 싶다

백만 천만 둥글고 부신
환한 권력이란 걸,

그날

어머니가 끓는 물에서 이름을 건져냈다

정, 현, 미, 연, 선, 화

기포가 끝없이 올라오는
열두시,

어머니의 끓는 물에서는
죽은 것이 살고 산 것이 두려워했다

물과 기름이 번갈아 어루만져 토란같이 이마가 여물 때
한 닢 은전 같은 말씀을 박아주셨다

정신 차리고 살아라,

열두시였다 정오였다 서 있는 운명이었다
앉은 걸 본 적 없는 열두시, 덥고 멀고 아득한 공포

끓는 물에서 자맥질하던
글자들
하얀 뼈들

선택해라,

무서워서 너무 무서워서
손을 집어넣고 말았다
열두시가 잡혔다

허무가 확 벗겨지고

뜨거워서 긴 단어는 붙들지 못했다
손아귀에 올라온 명사들

물, 불, 독, 불온, 겸손, 사랑

마른 풀들이 겨우내 허리를 꺾으며 흔들릴 때
열두시는
뼈와 살과 절규를 싸서

햇빛 내리는 목백양 언덕에 옮겨주었다

은전 같은 등물이 주룩 흘렀다
새 세기였다

기념일

기념은 사라짐으로 기념이 된다는데

오래 남고 싶으신가, 나여?

몇 군데 강의를 했더니
아직 너희는 나를 찾아오는구나
시시하게나마 이것으로 스승이었으려나

어떤 곳은 경계가 있고 어떤 곳은 아직 어두웠는데

스승이 선이라는 게 여전히 룰인지는 알 수 없지만

묘목들은 스승이 약해지지 않도록 해마다 현수막을 걸
었지

모두가 행복한 축제는 없는데
스승은 미담을 좋아해
손뼉을 치다 울기도 했니

사라지는 것이 기념이 된다고 가르치며
사라지지 않으려
체급을 가르기도 했으니

어떤 질문은 답변의 문제가 아니라
변화의 문제라 제기할 때
스승을 움찔, 하게 하였지

부모는 일찍 죽고 스승은 일찍 자리를 뜬다는 말엔
안타깝거나 참혹한 구석이 있지만

사라지는 방식을 두고 머뭇거리다
고심 끝에 용기를 낸 스승은
가소롭게도

기념 대신 기억의 팻말을 치켜들고 말았으니

중의적

며칠 전부터 머리에 전류가 흐르는 것 같아

―메스껍거나 토하게 되면 즉시 내원하세요

책을 전하러 간 이웃, 현관 입구에 빗물이 고여 있었지
미끄러져 뒷머리를 세게 다친 나는

그럭저럭 내원하지 않는다

현관은 모르고 싶어해
이웃사촌이란 말 묘하게 중의적이야
팽창하면서 아우성치는 끓는 물처럼

그 빗물 누가 방류한 거냐!

우린 오해하기 위해 노력하고 있는 거 같아

언젠가 지하철 합정역으로 간다 했는데 너는 학동역 근처
에서 기다렸지
내 발음이 나빴나 우울해졌는데
너는 비싼 초밥이 식어버렸다고,

우리는 머리가 오염된 환자들인 양 킬킬 웃고 말았지

그렇다 한들
어느 정치인처럼 웃지 않아야 할 때 웃어버린 거 용서가
될까

빗물은 잘못이 없다 늦은 밤까지 후득이는데
반성은 귀가하지 않고

의심과 방심이 빗소리를 듣는다

대구

눈사람과의 식사

뜨거운 수프가 나오자 누군가 먼저 녹기 시작했다
흰색이 사라진 비화를 들려달라고?

강한 것과 거친 것의 차이를 설명하다가

이곳엔 눈이 귀해요, 라고 말해버린다

진심이 훌륭하다는 생각은
현미밥처럼 잘 넘어가질 않아

돌아온 탕아가 다가가
꿇어앉아 물을 주면
화분은 요란하게 화를 냈다

분지에 바람이 불고
여름과 겨울 순경음 발음을 한껏 보존하면서 한 해를 보
내는데

혈통 같은 게 우릴 구원해준 적 없지 않아요?

때때로

의관을 정제하고 광장에서 확성기에 대고

눈을 날리기 시작해요

어머 인공 눈인 줄 몰랐어요
멋있어요
인공 눈도 녹나요
우린 오리지널을 좋아하는데

또 만나자며 만나지 않을 것처럼 헤어지는
녹지 않는 눈발들

3부

도마는 소리 내고 싶은 기분이 있고

존경

여름 아침
입에 엽총을 물고 방아쇠를 당긴 작가는 헤밍웨이였다고,

여름이 방아쇠였다
방아쇠를 설득했다면

어여뻐라

누추를 수용하는 때가 있다
애써 적어도 세계와 어긋났다 부서졌다 나뭇가지에 의지
하고 있으면
저녁은 좋은 사람이 되라 한다
그때 방아쇠를 당긴다면

풍경을 그리다가 배경을 읽었지
이제 읽는 사람이 되었어

사랑스러운 건 싫어

어떤 분노는 열매를 매단다
달고 위험한 결론

나와 방아쇠 둘이 남았다

보이지 않는 곳에 보이지 않는 사람들이 모여
격렬했고

슬픔은 늘 처음같이 온다

설득할 사람 없는 계절이다
고층 꼭대기를 장식한 네온이 천국 같아
더 살아볼까 흔들리는 결심을

과정이 절실해도 방식은 문제가 된다지만

방향을 바꾸면
표적은 내가 된다
그걸 우리는 적중이라 하였다

너무 눈이 부셔 눈을 쏘게 되었어

어떻게 지나겠니
이 여름의 치솟는 온도를

사과 트럭

오지의 빛으로부터 들은 이야기가 있는데

각자의 이력은 그렇게 무의미하거나 자기 복제거나 과장
된 채
쌓여 있었다

과녁이 되었던 폭력이나
누가 보더라도 벌레 먹은 외설들과
간소한 식탁에 대하여

어떤 서사라도 잊히지 않은 건 살아남지만
살아남은 익명의 포로들처럼

사과는 이제
결말을 다 쏟아내고 있다

저토록 넘치는 것은 부재와 무엇이 다른가

그래도 너는 아직 너를 정의하고 싶은데
욕망이 아니라는 거지

나는 사랑을 배운 적이 있는데
한꺼번에 쏟아내는 게 아니야

배워도 모르는 거야

불행에 과도를 들이대는 사람은
사과를 모르는 사람

존재를 절반으로 나눌 줄 모르는 사람

사과는 사과맛을 더하려는 게 아니다

중요한 건
그들의 말이 아닌 그의 말을 들어줘

이름조차 없이 부딪거나 굴러떨어지면서

맛과 향을 모르는 채
트럭은
붉은색만 팔고 갔다

숨바꼭질에서 들키는 법

나는 보이지 않는 것을 물었고
너는 보이는 것을 말했다

그게 서늘하게 했나

너는 기분이 나쁜 듯
그거 기만이야, 라고 말했고

어디 보이지 않는 곳으로 가고 싶었다

나는 자꾸 멀어지고 있다
잘 들켜주려는 거였는데
보이지 않는 건 부재인가

얼굴만 넣으면 숨바꼭질 놀이가 되는
세 살 율이도
있다 없다 놀이를 좋아해

영혼이 비칠 듯 즐거운데

존재와 부재는 숨바꼭질의 범위
있어도 없는 어미와 없어도 있는 아비를
우리는 어느 쪽도 가지고 싶지 않다

목적이 사라지자 잠시 시무룩해졌으나
놀이는 지속할 수 없다는 특징이 있지

숨은 곳을 버리면
숨을 곳이 확장될지도 몰라

우리는 A와 B 사이에서 고통했고
그러자 A와 B를 기록하게 되었지

이런 즐거운 강박은 어떨지

『카프카의 편지』에서 본 문장인가?

―나는 당신과 함께 살 수 없어
　그리고 당신 없이도 살 수 없어

살짝 비틀어볼게

―나는 당신과 함께 살 수 있어
　그리고 당신 없이도 살 수 있어

사물 놀이

감자를 두더지라고 바꾸어 불렀더니

의자가 돌아보았습니다

사물은 사정거리 밖에서 꿈틀대고

두 개의 거울로 비춰보아도 사각지대는 있듯이

오늘은 허무, 내일은 전망이라는 일기를 쓰고
당신을 고슴도치라 읽을 겁니다

도마는 소리 내고 싶은 기분이 있고

누가 싱크대에 두더지를 올려놓았나

실수와 실패가 당근이라고
당근에서 실수를 팔 수 있다고

할 수 있는 일이 없어서 할 수 없는 일을 생각하게 되었죠

다양성에 힘입어 현재를 견디는 중입니다

구름이 왜 아름다울까

왜 구름이 되고 싶을까   ─

몸이 없으니까요,

그렇다면 구름은 사물일까

사물 놀이는
즐겁지요
울어버리지요
울다가 금세 구름이지요

우린 뭐든 말리는 걸 좋아해

— 호텔 헤어드라이어로 양말 말려봤어?
근데 룸메이트는 셔츠를 말렸다네
못 견디는 성격이라나

나를 좀 말려줘
쿡쿡 웃다가 조그마해진다
어제의 기분이 남은 탓이기도 해
누군가의 실언
그게 양말이나 말리고 있었던 이유일지

하나를 얻으려 아홉을 내주는
손실 게임을 하는 이유는
좋은 사람이 되려는 게 아니라
말리고 싶은 마음이지

더 이유를 만들지 않기 위해서라면
넌 아홉을 내줄 수 있겠니 후훗

이게 바보가 아니라는 증명이라고
참 바보 같은 말을 하지

늦잠을 자는 바람에 빨래를 말리지 못했다면
하나조차 건지지 못한 거라는 농담을 하면서

호텔을 빠져나오는 순간
씩씩하던 네가 훌쩍거리네
실연으로 오해했으려나

유머

토마토가 붉어가는 속도로 너는 늙고 있다

다변은 대답이 아니라는 걸 알 때쯤
멀리 온 것이다

푸른 채 저절로 붉어지는 토마토

누구나 시대의 식민지가 되고 싶지 않아
붉은색은 저절로 왔겠니

유머는 간결할수록 힘이 있는 거 알아

선택한 채널에서
토마토는 익혀 먹어야 한다는 정도를 익히며

유리한 것과 유익한 것에 대해 고민하네

무거움을 견뎌온 이유는
무거워서였다

기껏 잘하려 할 때 실수를 하지 맘껏 실수하자

유서를 쓰려고 해 간결한 유서

웃음을 잃은 사람으로 살았으니
유서는 유머와 농담이 좋을 거야

햇빛이 요긴한 어느 날
너와 각별했던 다른 네가 볕 아래 앉아 유서처럼 흐른다

―우리 잘 아는 사이였나?

―글쎄 토마토였던 거 같아,

샤프펜슬

끝이라고 생각했는데
유심이 나오네

1,600미터 계주에서
바통을 이어 줄 때
손바닥에 전체를 놓아줘야 해

쉬운 걸 틀리는 바람에 잔소리가 늘었지

젖은 수건을 잘 펴서 걸지 않는다고
닭백숙을 주문해놓고 찜닭을 받아오는 건 나쁘지 않아
고맙다와 미안하다를 헷갈리지 말라는 거지

규정이 어렵다면 마지막 주자로 뛰어라
주자는 내달리기만 해라
생각이 많으면 다른 곳을 가고 싶으니까

주지주의냐 주정주의냐 이런 일로 술렁이기도 했지만

가느다란 혈관으로 일용할 양식을 주시잖아

뛰고 나면 다시 등을 밀어 내보내는 잎사귀들
오늘의 주제는 계주니까

이어 달려야 하니까

이런,

우리 어머니 아버지가 다시 결혼을 하신다네

뷔페

더 할말이 없는데
안 해도 될 말들을 접시 그득 담고

다음부턴,

강조하는 말을 접시가 들었지
식욕은 슬픈 만족이지

멀어진 사람이 왜 다행인지 보여줄게
술 배달하는 사람에게 노래를 줄게

이런 것도 해답이라면
가령 오전 열시의 이미지를 이야기하자면
열시는 나비가 꿀을 모으기 시작하는 시각이야
식빵에 꿀을 살짝 발라서 소리 없이 먹어봐
나비의 영혼이 보여

열시의 기운을 가지러 집에 들어서는 이에겐

따뜻한 양송이 크림수프를 내밀겠어
소리 없는 삶을 흰색 칸에 넣겠어

나는 소극적이어서 네 곁에 남았지

이제 마지막 방법이야
우리는 축소할 줄 아니까

뷔페에서 슬픈 일 하나를 생각해

흰색을 좋아하는 이유는
흰색 밖에 서 있기 때문인 것 같아

그 휴가

그들은 풀 빌라에 간다고 했다
수화기에서 물소리가 났다

물이고 풀이고
가득한 물통과 넘치는 기운을 가는구나

나는 풀 빌라에 함께 갈 사람이 없고
갈 수 없는 나라를 가보는 마음이나 되어서

샤워하고 물이 뚝뚝 떨어지는 머리칼로 쩍쩍 수박을 갈
라 풀을 만드는
풀과 빌라를 연출해보면
가득한 이야기 넘치는 웃음이 부럽기도 하고
파도를 안고 대양으로 가는 심장이 싫지 않으나

즐거운 일에 왜 부끄러웠을까
자주 이탈했을까

하지 않는 것과 할 수 없는 것 사이는
풀 빌라를 모르고
혼자 갇히는 것에 익숙해져서

파놉티콘을 생각한다

감시자 없어도 스스로 자신을 감시하게 되는
이상한 천국을 펼쳐본다

자기만의 방, 눈을 파먹으며 파먹는 동작까지 탐색하던
쓸쓸한 시간을 옹호하면서

풀 빌라, 중얼거릴 때
pool, pull, full, fool……
이런, 친근한 fool이 있었군

혼자라는 감옥, 풀 빌라가 되어버린 누옥에서 일기를 쓰자

힘을 버릴 때 힘이 되는 이야기와
슬픔조차 오지 않는 저녁에 대하여

그 이상의 불행은 불행이 아닐 것

수인의 휴가는
길었으나 의연하게

웃었다

동해

뒤지는 곳마다 시신이 나와서

시신 위에서 자고 밥을 먹고

시체 쌓는 게임을 하면서

넌 왜 공부는 안 하고 게임만 하니
이게 게임 같아요?

이 행성을 어떻게 정의해야 할까
불안해
동해는 잠자지 않고 파도를 관리해야 하는데

무얼 이토록 허물고 살았을까요

어머니 이제 불 피우지 마세요
사랑 따위 끓이지 말아요

흰색을 지키려고
자작나무가 소신공양을 해요

경주박물관 뜰의 목 없는 불상은 상징이 있지

'남의 파이를 빼앗아' 제 입에 넣는 제로섬의 저녁은 붉 ─
고 싶으신가

불을 꺼요
이제 불 피우지 마요

눈을 뜨고 잠을 자요
눈을 뜨고 잠을 자요

─

호퍼 씨의 밤

늦은 밤 주유소에서 셀프 주유를 할 때

이곳 참 드라이해요

—선택하여주십시오

주유구 속으로 딱딱한 팔을 구겨넣을 때

오해도 아니고 이해도 아닌 스토리가 꿀렁꿀렁 흘러들어
가는 걸 봐요

당신 정말 멀리 있군요

주유하던 손이 손을 놓치고
외로운 시대야
종일 기계들만 마주하고 있어

어떤 한기가 아라비아의 수로를 따라
습격해오기도 하는데

진심은 얼마나 채우겠습니까
또 비우겠습니까

누군가 잘못했다고 추궁해오면 잘못이 되고 말 것 같아

셀프는 셀프가 아니야 옵서버야

밤의 주유소에 그림자가 길어지면서
행선지는 멀어 가네

다시 사랑이 오면
잘 보내줄 텐데

꿈이라도 긍정적으로 꾸도록 할까요
돌아오지 않으면 그게 용서니까요

주유구 안으로 밤이
검은 밤이
드라이하게

압화

청소하는 아저씨가
쌓인 가로의 나뭇잎들을 끌어모아 자루에 담으시네
발로 꾹꾹 눌러 담으시네
숨막히는 군중들
시체들

압력 압축 압착
주방 용어인 줄 알았는데

어릴 때 즐기던 압화 생각이,
두꺼운 책갈피에 눌렸던
수레국화 패랭이 설앵초

그거 육체들이었는데

미안해, 라는 말을 안 했고
미안해, 라는 말을 했어도

봉숭아꽃을 찧을 때 여기저기 피가 튀었어
암울한데 더 암울하게 누군가 흰 원피스 탓이라 했지

이건 끝날 수 없는 이야기야

나 자루 안에 들어가네
발로 짓눌러도 눈뜨고 있겠네
죽어서 살겠네

밖은, 죽음을 모르는 자루 밖에선

―놀이였습니다
―선택이었습니다

슬픈 청각이 마지막까지 살아서
놀이와 선택을 묵묵히 듣고 있으니

부탁이 있는데

도산서원 앞 계단 정원에서 걸음을 멈췄죠

모란은 모란의 일
작약은 작약의 일을 하고 있었어요

꽃들이 서원을 대신 말하는 듯
벌들이 잉잉거렸죠

커다란 꽃에 덥석 잡혔어요
모란과 작약은 여태 분분한 명명에도 입을 열지 않죠
라눙쿨루스 리시안셔스 유칼립투스 스카비오사
이런 초현대에서 고전으로 살아남아

근원이라 할까
넌 다르다 다르다 끝없는 억압을 견딘
독한 주의가 스며 있다 할까

식재는 이원론으로 나뉘어 있어요
떠나지 않고 섞이지 않은 두 종(種)은
묵독과 잠행 중
태명으로 살아 전설이 되어요

쉿! 귓속말은 상대를 외롭게 하지요

비교는 꽃 바깥의 일

부탁이 있는데
꽃을 가리킬 때

조심을 해요
꽃을 가리지 않도록

비와 웃음

한 번도 이긴 적이 없고 이길 일도 없으니
그 기분이 궁금하지 않아

아름다움의 재료는 무엇인가요?
감자와 양파 그리고 분노

저쪽이 이쪽의 풍경을 가져갔는데

비가 오면 반지하는 구체적이 된다 왜 비는 피해야 했을까
불행을 모르는 꽃밭 펜트하우스의 난해한 출입구 작업복은
엘리베이터를 타지 마세요 꽃 배달은 가지세요 불행은 비의
일 남는 건 감자와 양파 그리고 분노

미래에 대해 더 궁금할 게 없는 이들은 미래를 저장한다
저장고에 드는 미래, 저희끼리 밀애

높이에 익숙해지면
감정이란 게 사라지잖아
안타깝지 않잖아
헤어져도 안녕을 모르잖아
목줄도 없이 우리 개는 달라요
지루한 말을 반복하잖아

문학동네시인선 234 이규리 시집 우리는 왜 그토록 많은 연인이 필요로 했을까

문학동네시인선 234 이규리 시집
우리는 왜 그토록 많은 연인이
필요로 했을까

기도는 자주 출입처럼 하나
두 손이 필요했겠다

뒤가 되어준
제 아이에게

사람아,
내가 그 빛깔을 삼킬게

생은 애써 결하지 않기를 가르친다

우리는 왜
그토록
많은 연인이
필요로 했을까

미간이 깨끗한
너에게 부탁할게

믿는다면
그 한 사람을 들었다

나는 사랑을
배운 적이 있는데

먼저 히죽히죽 웃어볼까요
당황하도록
뭐야, 놀라 자빠지도록

이것이 우리 슬픔의 재료

말은 할수록 다른 뜻이 되어
알아도 달라지지 않는 것까지
반지하는 그 뜻을 경험하지
넘을 수 없지
겨우 비와 웃음을 결합하며

그늘 만드는 사람

열차가 달리는 동안 하늘은 개다 흐리다를 반복했다
터널을 몇 개 지나면서

창 쪽의 내가
가리개를 살며시 올렸다가
빛이 돌아오면
내리곤 했다

옆자리 책 읽는 사람이 눈치채지 못하도록

그게 나의 일
몇 차례 가리개를 올리고 내리는 동안
나는 책 읽는 옆에서
그늘 만들어주는 사람으로 사는 게 퍽 어울린다 생각했다

어둠과 밝음을 찾아가는 일기에는
반지하의 터널이 있고
옥탑의 가파름이 있었다

들고 나는 마음은 왜 이토록 세심한가 쓸쓸할 때
하찮음은 몸에 밴 나의 일,

그게 누구라도

부디 가리개를 올리고 내릴 때의 힘이
적절하기를

빛을 조절하던 집중은 꽤 쓸 만했지만
모든 이야기는 모르게 끝나야 하지 않는가

제목이 궁금했던 사람을 모르고
옆자리가 움푹 팬 것도 모르고
독서는 다음 역을 향해 가고 있을 것

4부

흰 이별과 검은 슬픔에 대하여

구름 악기

그 지붕에 악기들이 걸려 있었어
첼로를 보여주세요
여러 번 말을 했는데
그때마다 주인은 다른 걸 내려주었지

눈사람처럼 녹아버릴 거라고

첼로를 보러 다시 갔을 때
그 집 사라지고 없었지

무언가를 품겠다고 허무 연습을 하던 날의 수

등뒤에서 두 팔을 벌려 안아주면
소리가 온다고 믿었으므로

소리는 허공인데
우리는 왜 그토록 많은 연인이 필요했을까

먹먹한 날, 구름은 멀리 있는 제 이름과
여러 번 헤어진다고 했다

사랑은 원래 타인의 것이니까

구름 악기들을 이끌고 돌아올 때
그들은 생애 처음인 듯 맘껏 불협화음을 내고 있었다

스트링 스프링 스티어링
링 링 링

마지막 노래는 제가 들을 수 없는 노래
사라지며 살아지는 방식은 가없고

손바닥 위에 앉은 눈송이는
따뜻함을 느끼며 죽어간다

그 친절한 난간들

생각하면 모든 슬픔은 의지였다

미니멀리즘

흑백이 잘 어울리는군요
사람들이 말했다

단순형인가? 복잡해서죠,

내 안의 흑과 백
검은 원피스와 흰 셔츠
흰 바지와 검은 가방

비명은 삼키는 것이 아니라 아작 씹어 뱉는 것인데
나는 가두는 쪽이었다

견딜 수 없는 건 화려한 꽃무늬가 출렁이는 시시비비였
으니
열정이 자랄 틈이나 있었을까

검은 바람막이 점퍼와 흰 운동화
검정 카디건과 흰 스카프 그리고

흰 이별과
검은 슬픔에 대하여

미니멀리즘이라 생각하기로 했다

있어야 할 것만 지키기도 숨이 차지 않니
난 많은 용무가 필요치 않아

흑과 백은 부끄러움의 단면
돌아가야 할 때를 일러준다

탐스러운 과일을 담아놓고 사람을 생각한다

그곳 어디에서나
살아 있기를,
복숭아가 물컹해지는 저녁이 남네

6월의 미니멀리즘은 뭘까?
하지와 감자, 그리고 목마름

흰 차렵이불을 덮으면 흑백이 순해진다
슬픔이 조금 누그러지고

옛사람들이 머리맡에 몰려온다

섭씨 48도

아라비아사막 한가운데를 걸어가는 가젤과 청년의 사진
옆에
모하비에서 맨발로 서서 찍은 사진을 놓아보네
뭔가를 좋아할 때 죽음을 걸기도 하는데

희망 목록인
고비와 사하라
은폐와 은유의 본적(本籍)

사막은 버려진 곳이 아니라 속하지 않은 곳이다

최선을 다해 불친절한 대화의 깊이를
블랙코미디라 한다
허무를 횡단할 수 있을까 한다면 달라질까
이건 풍자가 아니라

입과 코, 눈과 귀로 달려드는 자욱한 질문들

우리에게 목적이 가능할까요

내 생이 표절이었으니
뜨거운 모래 입에 물고

이제
내가 나에게도 속하지 않기

만두

그녀가 코팅한 네잎클로버를 하나씩 나눠주었다

나는 한 번도 네 잎을 찾은 적이 없는데

그림을 그리려다 말았다

행운을 믿지 않아서지
나의 것이 아니어서지

만두를 빚을 때
반죽의 입을 꼭꼭 다물게 해야 해
아니면 행운이 터져버리고 만단다

참, 어머니도
행운이 꼭꼭 닫혀 있으면 어떡해요?

어려운 수학 문제가 왜 매력이었을까
안 풀리니까
안 풀려야 계속되니까
수학은 행운이 아니구나

모르는 것이 돌아보게 하였고
저녁은 노을에 감염되고도 찾아오는 거지

네잎클로버가 기분을 풀어주는 동안

만두 아래는 물이 끓고 있어

차라리 뜨거운 물이 되겠어요

행운이 조심하게 될,

초대

끓인 물에 당신이 꽃차를

우리고 있네

꽃잎이 부풀고 있는 티 포트 속,

청춘은 다 불편하군요

—왜 이러세요, 제발 저를 놓아주세요

벽이 허술했던 여행지의 옆 숙소에서 들었던 소리

나는 찻물에서 조용히 죽어가고 있는 육체를

건져낸다

티슈로 살며시 감싼다

이름을 버린 이름이지만
사후에도 예의는 필요하니까

아니라 아니라 말 못한 비참이
감자처럼 뒹굴고 있지

사람아, 그때 놓아준 사람들아

그게 너의 행운이었다

아니라면 끓는 물이 발등에 쏟아졌을 테니까

제라늄

안에서는 밖을 생각하고 밖에서는 먼 곳을 더듬고 있으니
나는 당신을 모르는 게 맞습니다

비 오는 날 아이는 화분에 물을 주고 있었어요
약속이라 하죠

비와 물은 동일하지 않나봐요

그런 은유라면
당신은 나를 몰랐다는 게 맞습니다

모르는 쪽으로 맘껏 가던 것들
밖이라는 원망
　　　　새소리
　　　　아집
　　　　강물

먼저 당신을 놓아주었다면 덜 창피했을까요
비참의 자리에 화분을 둡니다

제라늄이 창가를 만들었다는 거
창가는 이유가 놓이는 곳이라는 거

약속은 말씀에 물을 주는 거지요

그토록 찾던 것이 제자리인 걸 알았다면

여름, 비, 구태, 피로

덧문을 닫는 시간에 당신도 닫습니다

꽃은 붉고

비 젖는 화분에 물을 주면서 말입니다

함께 운 적 없지만 울고 있었지
—灰色과 悔色과 懷色

사진 찍는 걸 좋아하지는 않지만
노출 콘크리트 벽 앞에서 우리 사진을 찍었지
벽이 거칠어서 마음이 놓여

실내에도 벽지를 바르지 않고 콘크리트를 그대로 드러
낸 건
비밀이지만, 믿음이야

그런 날이 있지
세상이 너무 미끈하게 질주를 해
이럴 수도 저럴 수도 없어
종일 비유 속을 오고갈 때

그때 벽은 우리의 편,
회색의 편,
누군가의 편이 된다는 건 순전히 개인적이지만
회색의 고독이라는 말이 맘에 들어

손으로 쓸어보면 차고 거친 실존들이
사방을 싸고 있을 때

시를 썼지

—나 지금 울어도 돼?
—울어도 돼

회색(灰色)은 오해되기도 했으나
회색(悔色)으로 참회하고
회색(懷色)을 품어주기를

노출 콘크리트를 색으로 말할 수는 없지만

회색팬츠 회색니트 회색코트 회색구두 회색가방 중 하나
라도 회색을 착용한 날

회색은 실수를 하지 않아

우리는 쏟아지지 않았다

어떤 과정을 지나고 있을 때
작업실 문에 붙어 있던 글

非詩勿視

회색은 회색끼리 있을 때 두근거린다 증폭된다

— 왜 그러냐 묻는다면,

대답 대신 벽 앞에 너를 세우고 사진을 찍어주고 싶어

—

당신의 허기를 먼저 말하지 말아요

나비는 무게가 있습니까

이 의자에 앉으면 보지 않아도 봅니까

얼마나 이해해야 우리 밖으로 나가게 될까요

나비는
일생 자신의 무늬를 보지 못해요 그리고

사라집니다

당신, 당신의 허기를 먼저 말하지 말아요

소식하는 이유가 나비에 있다고 말하면
위선입니까
뒤꿈치를 들고 걷는 일도 작위적입니까

안개비 내립니다 그리고

기꺼워서 자주 불친절했습니다

**옥루에선 아직 물이 떨어지고 있는데 은하는 벌써 한
바퀴를 돌았다***

들어갔는데 왜 나오지 않습니까

물은 왜 이렇게 많습니까
시시한 당신들의 게임 때문에 귀에 자꾸 물이 차고,

수영을 배울까
구명조끼가 들어가는 가방을 살까

옥루에선 아직 물이 떨어지고 있는데
은하는 벌써 한 바퀴를 돌았다

노을을 본 적 있다면
노을을 보던 나쁜 눈은 없었는데

눈은 바뀐다

푸른 사과가 없는 사과보다 낫지만**
나쁜 눈이 없는 눈보다 나을까

언니. 현실에 좀 사세요***

그녀가 말했을 때
뜨끔했다

내가 사랑이라 정의한 것들 죄다 망했으니까

잊지 않을게
조용히 있을게
이게 위로가 되겠니

이 슬픔을 평가절하하지 말아줘

언니, 현실을 살라니까요

너의 현실도 이 놀이가 해피하지 않구나

* 고운 최치원. "玉漏猶滴 銀河已回(물시계에선 아직 물이 떨어지고
있는데 은하수가 벌써 사라져 보이지 않는다)."
** 울라브 하우게, 「푸른 사과」, 『어린 나무의 눈을 털어주다』, 임선
기 옮김, 봄날의 책, 2017.
*** 조시현, 「시뮬레이션 제4137회차」, 『문학동네』 2023년 가을호.

그들은 꿈꾸던 곳으로 갔을까

건축학을 공부하고 에펠탑이 보이는 곳에서 스시 식당과
마트로 성공한 재영씨는
쉰이 넘으면
레만호가 보이는 곳에서 작은 라면집을 하며 조용히 살
거라고,
그럼 나는 즐거우리라 했는데

레만호는 금호호였다가 단산호였다가 파계호가 되었고
라면집은 어디에 있었던가 몰라

우리는 모두 장소를 갖고 싶어서
장소에 목말라서

고시텔과 빌라를 거쳐 소형 아파트에 쾅쾅 인테리어를
했지

슬리퍼를 끌며 편의점의 맥주를 사서 돌아오는 길에 넘어
지지 않았다면

깨지 않았을 꿈들을

K여사는 한강 뷰 아파트를 사겠다고 상경했는데
나는 그가 그 일에 성공했으며 쓸쓸했을 거라고

로망은 로망으로 둘 때 뷰가 된다는 거지 같은 말이나 하
면서

영화 〈패터슨〉에서 매일 저녁 패터슨이 가던 맥줏집 있지
술집 주인이 패터슨에게 말한다

오늘은 질 것 같아
상대가 누군데?
나 자신

때때로 나 자신이 장소가 될 때
못을 박지 않아도 노을이 와서 척척 걸린다는 배경 이야
기는 시시한가

좁은 방은 나를 크게 만들어
벽에 스르르 올라앉게 하지

넘어지는 곳이 새로운 건축이라니
어때 맥주 한잔

슬리퍼

레몬 마트 앞에서 기다린다고 했을 때

레몬색 바지를 입고
무심히 나간 줄 알겠지만
기막힌 수식이 담겨 있어

냉정한 뭔가가 태도를 달라지게 했다
꽃과 칼
가령 레몬 관계 같은 것

스커트 속으로 손을 집어넣던 인물이 있었지
불가사리의 빨판이네
몇 번이나 떼어내도
떨어지지 않았어
레몬이 미지근하게 물러지고 있었다

이게 스커트를 사절한 이유이기도 해

우리는 모두 이렇게 치사하게 낡아가는데

그 손가락을 잘라서 레몬즙을 뿌리면
놀라운 아침 뉴스가 차려지겠지

슬리퍼를 끌며 범죄하고 싶은 마음

알리바이는 필요치 않아
그날 나는 레몬 마트 앞으로 나갔을 뿐이야
노란 레몬을 한 망이나 사서 믹서기에 돌렸을 뿐이야

우리
경쾌하자

터진 즙이 눈에 들어가면 말할 수 없이 쓰라려

파두

그날 이후,

당신을
탁, 놓았다
아직 물기가 남은 당신을

파두가 아니면
당신을 찾겠다고 뛰쳐나갔을지도 모른다

산책이 길어졌다 나쁜 건 없다

튀르키예의 지친 육로 여행중 새벽 두시의 휴게소에서 흘
러나오던
그 파두,
불행과도 덥석 손을 잡겠어

어떤 삶도 가능하리라

설명이 안 되는 파두,
오해는 설명하지 않아서가 아니라 설명 때문이지

에움길에는 두 나무가 엉킨 연리지가 있고
홀로 고사한 나무도 있다

갈등과 자유는 각기 목이 마르다

나무들도 관계에 대한 고민이 있는 거지

대답 대신 파두를 들었다
슬픔에는 겸손한 힘이 나와

머리끝까지 철썩이던 파도
온몸이 상해서 파두
홑이불을 감고 잠들던 여름밤의
선득한 결별

슬픔으로 세계는 아픈 풍경을 덮는다 덮어준다

목례를 하며
목례로 대신하며

주소

리투아니아를 떠날 때
리투아니아가 희고 둥근 돌멩이 하나를 주었다

아침의 마음이네

나는 돌멩이의 주소를 옮기기 싫은데
거절하는 마음도 생기지 않아

손때가 묻을 때쯤 돌멩이는 날개를 가지게 될 거야

호텔의 잠이 성글어도
조식으로 너그러워지지
돌멩이를 깨고 나온 달걀의 잔치
삶은 달걀부터 스크램블드에그와 오믈렛과 달걀프라이를
돌지

속에서 홰를 치며 돌아오는 장면들이 겹겹 소환되어
부화하고 싶은 날이 좌절한 날을 덮기도 하고

주제에 지배받지 말자
여행은 소시지와 베이컨 그리고 와플에 시럽을 흘려서
전환하는 거지 그 이후,

돌멩이를 볼 때마다
리투아니아가 용기를 준다
언젠가 돌멩이를 던질 때가 올 거야

그렇다면 그곳이 돌멩이의 주소일지도 모르겠네

중얼거리는
아직은 아침이야

본래면목

삼백오십 년이 누웠다
폭풍우 뒤 보호수가,

할말은 그동안 다 했다는 듯 돌아갔다

허공을 허공에 돌려주는 예식은
절차조차 없었다 간소했다

빈 공중이 한껏 비어서 춤을 추었다

한때 나에게도 높은 나무, 가지가 흔들릴 때
오르면 되리라는 바람, 그 바람에 있을 때

위를 오르듯 위태로웠는데

나무가 누울 때 낮은 풀들이 조금조금 자리를 내주었다
옆이 있었다

우리는 다 잃어버린 게 아니야

아름다운 세계는 예기치 않게 온다
허수 같은, 허수의 만남

이것이 슬픔일 리 없다고 생각했다

그때, 어쩌면 마지막 통증인 듯 나무가 몸을 떨었고
이마에 작은 등불을 건 벌들이 하염없이 주변을 날고 있
었다

얼핏 오래전 한 사람의 자리처럼

시는 유머와 농담으로 가득한 유서

김소연(시인)

1.

  아침이면 희망이 있었다. 희망은 내가 감히 만져볼 엄두를 내지 못하는 어머니의 부드럽고 검은 머리칼 속에, 금세 사라질 듯 반짝이는 빛처럼 어려 있었다.*

"아침이면 희망이 있었다." 이 문장은 토베 디틀레우센의 자전적 이야기 '코펜하겐 삼부작' 중 제1권 『어린 시절』의 첫 문장이다. 나는 깔끔하고 완벽한 이 문장에 반해서 이따금 상상해보곤 했다. 토베가 어느 날 어느 때에 책상 앞에 반듯하게 앉아, 이제는 자신의 이야기를 쓸 수 있겠다고 마음을 먹는 순간. 그 첫 문장으로 이 문장을 쓰기로 결정하게 된 순간. 한 작가가 어린 시절을 회고하는 데에 이 문장처럼 완벽한 문장이 또 있을까. 군더더기 없는 이 문장은 들여다보면 볼수록 의미가 무궁해진다. "아침이면 희망이 있었다"는 말은 저녁이면 그렇지 않았음을 포함하는 동시에, 어린 시절은 그러했으나 지금은 아침마저도 희망이 반짝거리지 않게 되었다는 의미 역시 내포하고 있다. 유년이란 한 사람이 현재보다 더 또렷하게 상기해낼 수 있는 이전 생애와 다름없다. 희망이 새로 생기는 매일의 아침은 그런 유년에 대

---

* 토베 디틀레우센, 『어린 시절—코펜하겐 삼부작 1』, 서제인 옮김, 을유문화사, 2022, 7쪽.

한 기억 중, 가장 강렬한 기억일 것이다. 저녁이면 온갖 상
처에 상심으로 가득했다가 밤새 악몽에 시달렸다가, 아침이
면 새로 태어난 듯이 매번 희망이 어려 있던 나날들. 매일매
일을 거듭해서 그러했던 그녀의, 또한 우리의 어린 시절은
어떤 종류의 힘일까.

　붓꽃을 보면 아프다
　나는 아프고 싶을 때 이 못에 온다

　못의 가장자리를 둘러 핀
　붓꽃들

　이번 생은

　물속에서 하는 말처럼
　물속에서도 할 수 없는 말처럼

　모두가 피했던 질문이 있었다

　붓꽃의 자리 가장자리에서
　물의 소리를 지키려 한다

　믿는다면

그 한 사람은 들었다

—「외연(外緣)」 전문

토베의 경험에 시인 이규리의 물가에서의 독백을 나란히
두고 싶다. 시인으로 하여금 기꺼이 아픔을 요청하며 찾아오
게 하는 "붓꽃". 붓꽃은 시인에겐 사물 이상이다. 토베에게
"아침"이 있다면, 이규리에겐 "붓꽃"이 있고, 토베에게 "희
망"이 있다면 이규리에겐 '아픔'이 있다. "아프고 싶을 때"
가 있다. "붓꽃"을 시인의 어린 시절, 혹 시인이 살아온 생
애의 표상이라고 외람되게 짐작해볼 수도 있다. "물속에서
하는 말처럼/ 물속에서도 할 수 없는 말처럼" 시인은 그 자
리에 다시금 나타나서 "이번 생"을 마치 소명처럼 "지키려
한다". 이 시를 비롯하여 또다른 시들이 뒷받침해주는 근거
들에 의하면, 하고 싶은 말을 견뎌온 세월이 시인에겐 배후
이고 믿음이다. 나 혼자에게만 들리고 마는 "물속에서 하는
말"과 "물속에서도 할 수 없는 말"은 시인을 든든하게 지켜
주었다. 말하는 것에 비하면야 말하지 못함이 소극적일 뿐
이라고 단언하기 쉽지만, 말의 허망함을 떠올리자면 이 소
극성이야말로 말 대신 몸으로써 직접 "지키려" 하는 다른
깊이의 적극성을 낳는다. 말은 청자를 만들지만 행동은 목
격자를 만든다. "그 한 사람은 들었다". 이런 방식으로도 믿
음이 우리 곁을 지킬 수 있다. 한 시인은 이런 식으로도 희망

을 이야기할 수 있게 된다. 붓꽃이 핀 물가. 그 "가장자리"
는 '바깥'과 함께 이전 시집들에서부터 시인이 꾸준히 자신
의 본분처럼 여겨온 주소지이다.

『우리는 왜 그토록 많은 연인이 필요했을까』에는 '아침'
이라는 단어가 여러 번 등장한다. 「명랑」이란 시에서는 어
느 저녁, 일행들과 취기 속에서 "모처럼 명랑"하게 이런저
런 대화를 나눈다. 어느 일행이 시인에게 당신의 "슬픔을
사겠다고" 말한다. "내 것이랄 수도 아니랄 수도 없는 이
헛헛한 소유를" 말이다. 시인은 말한다. "나의 것엔 불운이
깃들어 있다고". 그리고 덧붙인다. "내일 아침에도 같은 말
을 할 수 있다면/ 사람아, 내가 그 명랑을 살게"하고. 시인
에게 "슬픔"이란, 명랑과 그 속성이 같다. 모종의 지칠 줄
모름이란 점에서 그러하다. "명랑"과 태생은 다르지만 같
은 끈질김을 지녔다는 의미에서만큼은 이 두 단어가 동의
어나 다름없다. 그러나 슬픔과 명랑은 언뜻 생각하자면 멀
다. 그 먼 사이, 슬픔과 명랑 사이에 바글대는 숱한 경험이
곧 삶이다. 이규리가 가장 애정해 마지않는 가감 없는 현
실세계이다.

'아침'이 등장하는 또다른 시 「주소」에는 리투아니아 여행
을 마치고 그곳을 떠날 때 주운 돌멩이 하나에 대해 생각하
는 아침이 등장한다. "언젠가 돌멩이를 던질 때가 올 거야"
하고 돌멩이 하나에게 용기를 얻은 날이다. 돌을 멀리 던지
면, 돌은 어딘가로 날아갈 것이다. "그곳이 돌멩이의 주소"

가 될 것이다. 돌멩이라고 말하고 있지만, 어쩐지 '시'라고
읽힌다. 시인은 자신의 주소로 날아가기 위해서 시를 쓰는
것 같다. 이규리의 시가 늘 더 먼 '바깥'을 감각하고 이미 그
곳에 가 있는 듯한 느낌으로 와닿는 것도 그녀가 바라는 그
녀의 주소지가 미지의 미래에 존재하기 때문이리라.

2.

방울토마토가 쏟아졌다
아침이 계단으로 사정없이 굴러가는데
달아나는 토마토를
멈추어야 하는데

더욱더 멀리 아득하게

내려가고만 있네
고 작고 말랑한 것이 손쓸 수 없도록

더 내려갈 수 없을 때

올라갈 수 없는 위가 생겼는데

당신들이 대체로 뻔하고 진부해질 때

방울토마토가 하염없이 굴러가는 일을 한번 생각할래?

계단은 끝없이 쏟아지고
저렇게 경쾌한 노래는 남의 것 같지 않은가

토마토가 계단을 만들던 일
절망이 명랑하게 굴러가는 일

내 생의 문장이 이토록 힘을 받아 굴러간 적 있을까

왜 나는 여기 있지?
주워도 끝나지 않는 일이 왜 나의 일이지?
고민하는 동안
방울토마토는 두려움을 모르고 구르고 있네
털썩 계단에 주저앉을 때
방울과 방울들이 목금소리를 들려주네

방울토마토 따라
굴러가는 월요일 말랑말랑해지는 월요일
토마토는 힘이 없는데 힘이 있지

속도가 근심을 다 지워버려서

도시락이 사라지면 어때 월요일을 모르면 또 어때
깨어난다면 그것이 꿈인 날들 속에서

여전히 계단은 굴러가고 있는데
　　　　　　　　　　　　—「월요일의 도시락」 전문

　위의 시도 아침이 그 배경이다. 시인 이규리의 고유하고
도 빼어난 면을 모두 갖춘 이 시는, '토마토'가 시인을 표상
하다시피 한다. 토마토는 쏟아져버린 채 계단 아래로 굴러
가고 있다. 문체에 깃든 이규리 스타일의 명랑성은 말할 것
도 없고 술어를 담당하는 동사들—쏟아지다, 굴러가다, 달
아나다—이 그 운동성으로 경쾌함과 속도를 한껏 보탠다.
토마토가 토마토의 본분을 벗어나는 일. "절망이 명랑하게
굴러가는 일". 토마토가 말렛의 머리가 되고 계단이 실로폰
이 되어 "방울과 방울들"의 "목금소리"를 듣게 되는 일. 불
상사가 빚어내는 "경쾌한 노래"에게로 우리를 초대하는 시
인의 입장은 이 명랑함을 경유하고서 다른 것을 더 말하려
한다. "당신들이 대체로 뻔하고 진부해질 때", 계단을 굴러
가고 있는 것이 토마토인 줄 알고 있을 때, 굴러가고 있는
것이 계단이기도 하다는 것을 알려준다. 우리가 그 소리들
로 "깨어난다면" 비로소 진부한 현실을 찢고 꿈속으로 진입
할 수 있다고도 말해준다.

미안하다
세간의 내용들
필요 없는 걸 설명하느라 늦었네
너를 위하려다 너를 돌아서게 하였네

— 「온도」 부분

　진부한 "세간의 내용들"은 필요치 않았음에도 불구하고, 자꾸만 생을 낭비하게 하는 모종의 훼방꾼이다. 그러므로 시인에게는 임무가 생긴다. 우선 일상의 진부함을 벗기고 오해 없이 재편해야 한다. 그리고, "할 수 있는 일이 없어서 할 수 없는 일을 생각"(「사물 놀이」)해야 한다. "할 수 있는 일"이란 진부함에 가담하는 일이고 "할 수 없는 일"이란 "고비마다 목를 내놓"는 일을 마다하지 않으며 "예의"(「온도」)를 다하는 일이다.

　이규리는 "세간의 내용들", 즉 일상의 현상들을 포착하는 순발력으로 시를 쓰고 있지만, 일상에서 기인된 감동적인 순간은 얼씬도 하지 않는다. 그렇다고 감동의 반대편에 서지도 않는다. 시인은 현상에 집중한다. 일상을 왜곡하지 않으려는 신중함이 문장에 깃들고 이 힘이 시의 긴장과 품위를 만든다. 일상이 소중하다거나 권태로운 것이라고 막연하게 감각해버리는 습성 같은 것도 이규리의 시는 허락하지 않는다. 언제고 세세함이 뒷받침된다. 이 세세함이야말로 우리를 낯설고도 반가운 감각으로 초대하는 힘이다. 이규리의 시에는 일상의 현상들을 지켜보는 남다른 태도가 있다. 「월요일의 도시락」에서, 토마토를 바라볼 때 토마토를 본 적 없는 사람처럼 바라본 것은 아니다. 분명 잘 알던 토마토인데 오늘따라 이 토마토가 이상하게 군다는 식으로 바라본다. 그것이 시의 모티브가 된다. 이규리의 시는 정확하고 단정하게 진행된다. 왜곡하지 않으므로 과장이 없고, 과장이 없으므로 섣부른 도약이 없고, 섣부르지 않으므로 차분하게 끝까지 지켜보고, 끝까지 지켜봄으로써 그 시는 해야 할 말을 다부지게 남기며 끝이 난다. 다부지지만 매듭을 짓는 방식은 아니다. 이규리의 시에는 결론과도 같은 매듭은 이미 필요하지 않다. 정교하게 직조되어 있기 때문이다. 그녀가 시를 선명하게 직조하는 이유는, 보여주고자 하는 것이 선명하기 때문이다. 이 선명함을 무어라 불러야 할까. 너무 맑아 없는 줄만 알았던 유리창에다 이마를 부딪히고 마는 기분. 너무 날렵하게 베어내어 베인 줄도 모르고 쓰러지게 되는 기분. 생에 욕망할 바가 없는 가운데에서만 맛볼 수 있는 종류의 초월이 이규리의 시 속에는 존재한다. 생에 대한 갖은 사유들이 생을 부풀리고 무겁게만 만들어갈 때에 이규리는 생이 그런 것이 아니라고 잘라 말하는 듯하다. 너무 많이 알아서 도리어 몽매해져가는 생에 대한 감각을 이규리는 한 편 한 편의 시로써 묘파하고 있다.

3.

　많은 시가 아포리즘을 직접 혹은 간접적으로 구사하며 지혜를 건네려 하지만, 대개 아포리아의 종착지를 자처하고자 하는 욕망에 치우치고 만다. 지혜를 갈구하다가 대답을 갈구하는 것으로 왜곡되었기 때문이다. 이규리의 아포리즘은 대답을 거절하며 질문을 더 갈구한다. 이규리의 시가 낳은 빛나는 아포리즘들은 바로 이 지점에서, 여느 시들과 다른 고유한 묘미가 존재한다. 아포리아를 더 크나큰 아포리아로 데려가는 경향이 있기 때문이다. 아포리즘으로써 아포리즘적 기대와 사유를 해체한다. 해체는 이런 경우, 살려내는 일이 된다. 구르는 토마토가 토마토를 살리듯이, 정의(定義)를 해체하는 아포리즘이 아포리즘을 살려낸다. "행운을 믿지 않아서" "행운이 꼭꼭 닫혀 있"다고 여겨질 때에 시인은 마음먹는다. "행운이 조심하게 될" "뜨거운 물이 되겠"다고. 행운이란 요행을 바라듯 기다려온 것으로 우리는 알고 있지만, 이 통념을 이규리는 산뜻하게 비켜간다. "행운이 조심하게 될"(「만두」) 존재가 되는 꿈을 꾼다. 행운 앞에서라면 모두가 검박하기 짝이 없는 욕망을 가졌는데, 시인은 이 검박함조차 의심해보고 다른 태도는 어떠냐고 우리에게 넌지시 제안하는 것이다.

　이 시집에 등장하는 아포리즘들은 단 한 줄로써 칼처럼 날렵하고 매섭다. 지혜를 탑처럼 쌓아둔 여느 도서들을 한 획으로 베어낸다.

저토록 넘치는 것은 부재와 무엇이 다른가
—「사과 트럭」 부분

비명은 삼키는 것이 아니라 아작 씹어 뱉는 것인데
—「미니멀리즘」 부분

창가는 이유가 놓이는 곳이라는 거

약속은 말씀에 물을 주는 거지요
—「제라늄」 부분

생은 애써 잘하지 않기를 가르친다
—「카디건」 부분

기념은 사라짐으로 기념이 된다는데
—「기념일」 부분

기도는 자주 흩어지려 하니
두 손이 필요했겠다
—「면적」 부분

오해는 설명하지 않아서가 아니라 설명 때문이지

—「파두」 부분 —

　부재, 비명, 창가, 약속, 생, 기념, 기도, 오해…… 이 단
어들과 너무 오래 손잡고 살아온 이들이라면 더 잘 느낄 수
있을 것이다. 잡았던 손을 이제는 놓게 되는 상쾌함을. 손
바닥에 접착된 오랜 집착이 산뜻하게 사라져버림을. 헛헛함
과 동시에 통쾌해짐을. 미련 없음을. 이규리의 시를 우리가
사랑하게 되는 순간이다. 잡지 못했던 손을 잡게 해주는 게
아니라 너무 오래 잡고 있었던 손을 놓게 해주는 아포리즘.
시인이 일상 속에서 포착한 장면들에 위와 같은 아포리즘이
느닷없이 기입될 때, 포착된 장면은 당연히 균열이 간다. 일
상은 비눗방울처럼 균열과 동시에 사라져버린다. 우리는 시
인이 그려낸 일상을 따라 우리들 각자의 경험에 비춘 일상
을 불러 세울 테지만, 그 일상은 금세 사라져버리게 될 일상
인 것이다. 아니, 일상이라고 여겨온 우리의 믿음이 휘발되
는 것이다. 이것은 시인이 몸소 증명하고 싶어하는 "사라지
며 살아지는 방식"(「구름 악기」)의 시발점이 된다.

　4.

　나는 이규리가 시 속에서 보여주는 이규리를 통해 그녀를
알아간다. 그녀는 그녀를 잘 알려주는 데에 최선을 다한다.
잘 알지 못하는 그녀를 비로소 알게 될 때에 그녀는 사랑의
다음 차례를 기다리는 모습과도 같다. 나는 그녀가 "편의점

간이의자에 한 시간을 앉아 있"(「육체」)는 순간들을 너무나
도 좋아한다. 술을 마시거나 일행과 노닥거리기 위해서 편
의점 간의의자에 앉아 있지 않기에 그러하다. 편의점 간이
의자에 한 시간을 앉아 있는 것 말고는 다른 이유가 없어 보
이는 이 문장을 좋아하는 것이다. "서귀포 해안에서 절벽을
더듬으며 걷다가/ 이 걸음 멎는 곳이 나를 잃어버리는 장소
이기를 바란 적 있다"(「카디건」)고 그녀가 적을 때에 그녀
가 상기해내는 기억이 절벽을 더듬는 손바닥으로부터 전달
돼온다. 지금 자기 자신을 잃어버리고 싶다고 생각하는 게
아니라 잃어버리고 싶다고 바라본 적 있었다던 기억과 재
회하는 그녀를 좋아하는 것이다. "식은 뭇국에 얼굴이나 비
추던 나는// 천천히 눈알을 건져냅니다"(「액자」) 하고 많은
고백을 안으로 삼키는 그녀를, "찬 기도실에서 무릎을 꿇었
을 때/ 내가 듣고 싶은 말은/ 흰 눈과 종소리와 조용한 용
서 같은 거였다"(「웃음」)라고 적는 그녀를 나는 하나의 오
롯한 장면으로 생생히 그려볼 수밖에 없게 되고, 그녀가 담
긴 그 장면을 오래 간직할 수밖에 없게 된다. 우리의 뭉뚝
한 꿈과 물음과 생활을, 그녀는 "질긴 꿈과/ 가혹한 물음과/
부진한 생활"(「육체」)이라고 또렷하게 양각화한다. 이 넘치
지도 모자라지도 않는 또렷함을 좋아한다. 우리가 "책임지
지 않는 일에 매달려 봄과 여름을 허비했"(「날씨」)다고 말
하는 그녀를 좋아한다. "무거움을 견뎌온 이유는/ 무거워서
였다"(「유머」)라고 고백해 마지않는 그녀를 좋아한다. 그녀

가 "세상의 기도는 기도 밖의 일"(「육체」)이라고 말할 때, '바깥'의 올바른 쓰임새가 기도를 저버리는 순간을 좋아하지 않을 수는 없다.

그녀의 시는 그녀를 알게 한다. 그녀의 현재를 선연하게 느끼게 한다. 그녀의 후회가 포함된 그녀의 현재는 서늘하고 냉랭하지만, 어딘지 모르게 명랑해서 그녀가 이만큼의 혜안을 지니기까지 어떤 시간을 살았을까 가늠할 수 있게 한다. 시집을 읽는다는 것은 그 시를 쓴 한 인간을 통해서 인간을 알아가는 일이다. 그리고 인간을 사랑하는 일이다. 평범하지만 흔치 않은, 시의 본분을 그녀가 내내 지키고 있었음을 느끼게 한다.

그녀는 아픔과 슬픔에 대해 흔쾌한 면이 있다. 그녀는 자신의 생을 조망하듯 자주 뒤돌아본다. 뒤돌아보면서 그녀가 챙겨온 것은 별다르지 않다. 무엇을 뒤돌아보는지도 굳이 말하려 하지 않는 편이다. 그녀는 자신에게 무엇을 지키고 싶으냐고 계속해서 묻는 듯하다. 그녀는 어머니로부터 기인된 "끓는 물"(「그날」)에 대한 이미지를 다채롭게 떠올리며, 오롯해지는 순간들마다 그 물이 된다. 그 물의 소리가 되려 한다. 물이 되고 물의 소리가 되는 그곳은 물가이고 가장자리이고, 그 가장자리가 그녀가 바라는 주소이다.

이규리는 시 속에 온전히 기거한다. 자신이 살고 있는 일상으로 시를 쓴다. 우리는 이규리의 시집을 읽으면서, 시만 읽는 것이 아니라 시인의 일상도 함께 겪는다. 시인의 생애

를 함께 산다. 시인은 더는 잘 모르는 사람이 아닌 채로, 어
디선가 분명히 만난 적이 있었던 사람이 된다. 상징체계 같
은 것을 빌려와 그 뒤에 숨지 않고 민낯으로 시 속에 살고
있는 그녀를 우리는 시집을 읽으며 사랑하게 된다. 한 시인
으로서 사랑하게 되기도 하지만 그보다 한 사람으로서 사랑
하게 되는 것이다.

　그녀의 이번 시집은 유독 그녀가 몸소 사는 법을 알려준다
는 느낌을 받았다. 욕망하는 삶의 너머로, 기억하는 시절의
너머로, 부진하고 가혹한 생활을 통과하여 삶의 가장 안쪽
으로 파고들어가기 때문이다. 삶의 가장 안쪽을 견디며 "유
서를 쓰려"(「유머」)는 마음을 꺼내어놓고 있다.

　5.

　　기껏 잘하려 할 때 실수를 하지 맘껏 실수하자

　　유서를 쓰려고 해 간결한 유서
　　웃음을 잃은 사람으로 살았으니
　　유서는 유머와 농담이 좋을 거야

　　햇빛이 요긴한 어느 날
　　너와 각별했던 다른 네가 볕 아래 앉아 유서처럼 흐른다
　　　　　　　　　　　　　　　　　　　　　　　　　　—「유머」부분

"흰색을 좋아하는 이유는/ 흰색 밖에 서 있기 때문인 것 같"(「뷔페」)다는 시인의 지각에 따르자면, 유서를 쓰려는 마음은 죽음 밖에 서 있기 때문일 것이다. 살아 있기에 가능한 꿈이다. "그가 줄을 놓을 땐/ 허공을 믿는"(「공중」) 것이라는 시인의 통찰에 따르자면, 유서를 쓰는 마음도 믿음에서 기인한다. 그녀의 믿음은 고집이 없는 대신 호방하다. 호방한 그녀는 유서를 이미 썼을까. 쓰려는 마음을 조금씩 지연시키며 유서 대신에 시를 더 쓰고 있을까. "유서는 유머와 농담이 좋을 거"라고 말하고 있으니, 아마도 유머와 농담이 솟구치는 경쾌하고 날렵한, 그녀다운 이 시들을 쓰며 유서를 대신하는 건 아닐까. 오늘도 "햇빛이 요긴한" 날이었으니 지금 그녀는 또다른 각별함과 해후하고서 "볕 아래 앉아 유서처럼 흐"르고 있을까. 나는 『우리는 왜 그토록 많은 연인이 필요했을까』를 읽는 내내 그러했다. 나와 "각별했던 다른" 내가 "볕 아래 앉아 유서처럼 흐"르는 듯했다. 그녀가 와서 내게 묻는 것 같았다. "우리 잘 아는 사이였나?" 하고. 나는 "글쎄"(「유머」)라고는 대답할 수 없다. 오히려 그녀가 떠난 뒤에 그녀가 앉았던 자리에 남은 온기를 손바닥으로 챙기며 이렇게 혼잣말을 할 수는 있을 것이다. "뒤가되어준 예의에게/ 뒤가 되어간 선의에게"(「101번」). 그리고그녀가 마지막에 걸어둔 문장으로 기억할 것이다.

이것이 슬픔일 리 없다고 생각했다

　그때, 어쩌면 마지막 통증인 듯 나무가 몸을 떨었고
　이마에 작은 등불을 건 벌들이 하염없이 주변을 날고
있었다

　얼핏 오래전 한 사람의 자리처럼
　　　　　　　　　　　　　　　　　　—「본래면목」 부분

　그리고 나도 "아프고 싶을 때" 이 문장을 찾을 것이다. "한
사람"(「외연(外緣)」)쯤은 듣는다는 것을 알았으니까. 어떤 관
능은 이런 식으로 유유하게 모습을 드러낸다. "아름다운 세계
는 예기치 않게 온다"(「본래면목」).

이규리 1994년『현대시학』을 통해 등단했다. 시집으로
『앤디 워홀의 생각』『뒷모습』『최선은 그런 것이에요』『당
신은 첫눈입니까』가 있고, 시적 순간을 담은 산문집으로
『시의 인기척』『돌려주시지 않아도 됩니다』『사랑의 다른
이름』이 있다.

문학동네시인선 234
우리는 왜 그토록 많은 연인이 필요했을까
ⓒ 이규리 2025

초판 인쇄 2025년 6월 5일
초판 발행 2025년 6월 13일

지은이 | 이규리
책임편집 | 이재현
편집 | 최예림 김봉곤
디자인 | 수류산방(樹流山房)
본문 디자인 | 유현아
저작권 | 박지영 형소진 오서영 조경은
마케팅 | 정민호 서지화 한민아 이민경 왕지경 정유진 정경주 김수인 김혜원
        김예진 나현후 이서진
브랜딩 | 함유지 박민재 이송이 김희숙 박다솔 조다현 김하연 이준희
제작 | 강신은 김동욱 이순호
제작처 | 영신사

펴낸곳 | (주)문학동네
펴낸이 | 김소영
출판등록 | 1993년 10월 22일 제2003-000045호
주소 | 10881 경기도 파주시 회동길 210
전자우편 | editor@munhak.com
대표전화 | 031) 955-8888 팩스 | 031) 955-8855
문학동네카페 | http://cafe.naver.com/mhdn
인스타그램 | @munhakdongne 트위터 | @munhakdongne
북클럽문학동네 | http://bookclubmunhak.com

ISBN 979-11-416-0201-7 03810

www.munhak.com

문학동네